温青，中国作家协会会员，中国军旅诗歌新生代诗人领军者之一，曾获第二届、第三届河南省文学奖，第二届杜甫文学奖，第三届、第六届河南省文艺创作优秀成果奖，第十二届全军优秀文艺作品奖，华语新诗百年百位最具实力诗人奖等。著有《指头中的灵魂》《天生雪》《水色》《天堂云》《光阴书》《本命记》《面对青山绿水喊祖国》等，鲁迅文学院第20届中青年作家高研班学员。

中国行吟诗人文库 第二辑 李 立 主编

面对青山绿水喊祖国

温青 著

黄河出版传媒集团
阳光出版社

图书在版编目（CIP）数据

面对青山绿水喊祖国 / 温青著. -- 银川：阳光出版社, 2024. 8. -- (中国行吟诗人文库 / 李立主编).
ISBN 978-7-5525-7406-7

Ⅰ. I227

中国国家版本馆CIP数据核字第2024TS9767号

中国行吟诗人文库　第二辑　　　　　李　立　主编

面对青山绿水喊祖国
MIANDUI QINGSHANLÜSHUI HANZUGUO　　温　青　著

责任编辑　林　薇
封面设计　鸿儒文轩·末末美书
责任印制　岳建宁

黄河出版传媒集团
阳　光　出　版　社　出版发行

出 版 人　薛文斌
地　　址　宁夏银川市北京东路139号出版大厦（750001）
网　　址　http://www.ygchbs.com
网上书店　http://shop129132959.taobao.com
电子信箱　yangguangchubanshe@163.com
邮购电话　0951-5047283
经　　销　全国新华书店
印刷装订　三河市华东印刷有限公司
印刷委托书号　（宁）0030319

开　　本　787 mm×1092 mm　1/32
印　　张　7.5
字　　数　120千字
版　　次　2024年8月第1版
印　　次　2024年8月第1次印刷
书　　号　ISBN 978-7-5525-7406-7
定　　价　58.00元

总序

行吟者，灵魂像风一样自由

李立

空气看不见摸不着，上天入地，间隙不留，无处不在，随时生风。大千世界，朗朗乾坤，诗意无所不至，如风般潜隐、默化、繁衍、缤纷、飘逸、激扬。边行边吟，行吟诗歌如雨后春笋，蓬勃兴起。当代行吟诗歌已呈方兴未艾、风生水起之势。

尺寸方圆，风起云涌，绵绵无穷。思想可抵达之地，便是诗情的肥沃土壤，行吟诗歌的种子就能生根、萌芽、开花、结果。

行吟诗歌，自古有之，古今中外许多伟大的诗人，留下不胜枚举的不朽之作。

"飞流直下三千尺，疑是银河落九天。"诗仙李白临风对月，纵横山水，笑傲江湖，托举金樽，嬉笑怒骂，出口成章，行吟天下。

"朱门酒肉臭，路有冻死骨。"诗圣杜甫悲天悯人，路见凄怆，有感而发，笔触凝重，抨击时政，揭露黑暗。

"众里寻他千百度。蓦然回首，那人却在，灯火阑珊处。"一生以恢复中原为志的南宋名将辛弃疾仿佛在描绘爱情，又好像在抒发心中的压抑。他行吟于塞上边关，出入于金戈铁马，奔波于长城内外，倾诉壮志难酬的悲愤。

行吟诗歌可分抒情诗、叙事诗、咏物诗、爱情诗等。但行吟诗歌没有泾渭分明的派别之争，没有壁垒矗立的门第之别，四海之内的诵吟唱颂皆为行吟诗歌。行吟诗歌讲究清新脱俗、自然天成，拒绝闭门造车、忸怩作态、故步自封。马嘶狼嚎、鸟唱虫鸣、飞瀑激流等大自然发出的天籁之音，行吟诗人都乐意洗耳恭听，并欣然与之唱和。

风喜于拈花惹草，擅于推波助澜，忠于神采飞扬，形于来无影去无踪。从不作茧自缚，从不循规蹈矩，从不因循守旧，从不裹足不前。它弹拨漫山红叶，它吹奏江湖涟漪，它令蝴蝶蹁跹起舞，它让雪花深情款款，它能使春光风情万种，它亦能使黄沙骚动不安，在风面前，万物皆难以克制和矜持，不会无动于衷。

行吟诗歌歌颂大自然，表达真善美，挞伐假恶丑，颂扬清风正气，赞美清平世界。行吟诗歌不是游山玩水的遣兴，不是游手好闲的造作，不是江山如画的拼图，不是沽名钓誉的无病呻吟。

行吟诗歌能走进峻岭悬崖的皱褶内核，能与江河湖海促膝谈心，能与大漠戈壁共枕日月，能与孤花独草形成心灵共振，能以一颗怜悯之心去撞击世俗的铜墙铁壁，能赋予落寞古刹崭新的生命力。行吟诗歌最先抵达的目的地，是行吟者的内心深处。

脚步触摸不了的远方，只要思想和诗意锲而不舍，行吟诗歌就永远没有终点站。

想走就走，沐风浴日，披星戴月，挥毫落纸。山川河流，都市街巷，名胜古刹，危峰峭壁，荒郊野外，田间地头，只要你悉心观察，用心灵的颤音去追寻缪斯，那么，你就会诀别于寂寥和空虚，收获大自然慷慨的馈赠。行吟诗歌如风一样无处不在，但更加持重、洒脱、灵动、端庄、丰满、秀丽、壮阔，更讲究内涵、韵律、节奏和风情，看得透理得清，来无影去无踪。

大自然是行吟诗歌的温床。行而吟之，诗如其人。

大鹏借助风升空，诗人驾驭意境升华。

行吟者，目光如炬，声似洪钟，思如泉涌，行走在蓝色星球上，灵魂像风一样自由。笔随心动，诗意生风。诗情蓬勃，无所不及。

2023 年 11 月 1 日于新疆塔城

序

他的平静有着繁茂的力量

——读温青诗集《面对青山绿水喊祖国》

胡亚才

当年，准确地说，是当天。渐近中午，阳光明媚，山是山、水是水、林是林、鸟是鸟。我在春夏之交的新县县城潢河岸边迎来俊峰兄一行。其中一人不认识，三十岁出头，五官端正，表情平静，目光坚定，身材高挑板直，阳光里着实英姿勃勃，他上来一个标准的军礼，把我弄得一激灵。俊峰兄介绍道："诗人温青。"我顿时笑开了。

原来，早于2004年大别山中的这次相识，我在2002年的《星星》诗刊上就读到了温青的长诗《突围的灵魂》，当时给我留下了深刻印象：升腾于中原大地的泥土气息扑面而来，源自田野与庄稼的生长力量震撼人心，汪洋恣意地呈现出一个乡村少年跋涉荒原、突围蝶变的命运轨迹。是温青作为诗人成长初期的爆发力，让我有意识地开始了对温青的留心与关注、期许与祝愿。

一晃二十年过去了。

尽管温青这二十年间创作颇丰，收获满满，但一个不争的事实无法回避地迎面扑来：进入中年。并又恰在进入中年之时，脱下军装，他选择了自主择业。那么，作为诗人，中年的温青该怎样人出中年，再次实现"突围"呢？

温青到底还是温青，正当人们对中年的温青静观其变、拭目以待之时，温青又一部诗集《面对青山绿水喊祖国》呈现在大家面前。

这让我想起米兰·昆德拉一部戏剧作品的结尾，两个人一起走路，其中一位问另一位："往哪走？"同伴说："你往前走。"问话人又问："哪是前？"同伴说："你往哪走，都是往前走。"温青正是带着他的《面对青山绿水喊祖国》，在他的中年，在他脱下军装后的中年，继续往前走着。

细读一下《面对青山绿水喊祖国》，就不难看出，就在人们常常以简洁与冗长，直接与繁复，平白与玄奥等形式上的不同而萦绕其上时，温青却在完成了数部长诗之后，从"面对青山绿水喊祖国""山川布满尘世的秘密""查看人间的一些消息""飞雪擦亮岁月的痕迹"四个不同的角度，以173首短诗耐心而坦诚地表现中年、表述中年、表达中年之困之问之省。为我们呈现出一个成熟诗人跋涉山川河海，不断突破自我的命运交响曲。

温青借助想象力，构建出有故事、有人物、有场景、有声音、有思考的关于中年的诗篇。上至天堂，下至草芥，大到祖国，小到一室，远在高原，近在眼前，身体、男人、女人、父亲、母亲、军人、老兵、骨头、铁、血、黑发、白发、山、林、河、水、雪、鹰、云……诸多物象、形象、具象、意象，诸多思想以及各式场景都密集地融汇在了这个文本中，温青用诗歌搭建起一部中年简史，读来气象宏大，筋骨强韧，而且鲜活生动，自然有了很强的触动性和感染力。

诗歌不是诗人的专用工具，应当是人的灵魂呈献。诗歌的灵魂，应当是诗人愿不愿或者有没有为划时代的出现而分享过艰难与痛苦、思考与收获。

在温青这部诗集中书写的对象，依然承续了他善于选取的普通与熟悉的事物与环境的书写，以及对身之所处、目之所及的事物非常细致的描写与内心世界的互动非常细微细腻的描摹。他从自己的生命体验出发，执着构建中年岁月与精神、家园的生长力量。就中年温青而言，诗歌美学与精神倾向随着成长皆有变化，这与没有足够自省力的人不同，随着生存环境转换，温青主动介入生活，保持了清醒的思考，使得他在生命的转承中，体味物候人情、世事沧桑，进而很快构建起基于生命经验成长的诗歌创作。

当失学少年温青从一个淮河岸边的田野上走出家门，先后成为窑工、成为矿工、成为搬运工、成为农民工、成为临时工、成为军人，直到跨进五十岁门槛后，某天又脱下军装，走上自主择业之路时，温青的阅历与体验抑或生命经验已内化为一种隐力，更加不自觉地散发起光亮，在他诗歌创作的每个阶段自然地显现出来。譬如，先前温青专注的意象较多的雪、风、雨、月亮、云、星之类，《面对青山绿水喊祖国》里则多了山川河流、草木树林、人间烟火、生活日常以及庄稼、土地、坟墓、黑与白，等等，前者阴性、光洁、柔和、唯美，正是诗歌语言"雅"的表现，而后者的俯身而下，探向生活之渊，则是一种精神的自由与自主化。这种参与并见证温青生活和生命中的喜怒哀乐的书写，是大自然的救赎，是精神的漫游，是灵魂的拷问，是哲学意义上的生命诗化。这让我们看到了他的坦诚，这种坦诚正是生命的自由、辽阔与悲悯的境界。

这里，以《虚火》为例："四十年悬浮 / 一个向自己道别的人 / 要以上半生的虚火 / 烘烤人间 // 他认定一些事物 / 含有水分 / 他按下将要膨胀的光阴 / 像按下自己的胃 / 向被自己吃掉的无数生命 / 弯腰躬身 // 他知道 / 这堆砌的脂肪 / 无法引燃下半生的雄心。"

温青这个诗集的语言有一种强烈的密度感，少见华词丽句，却有一种斟字酌句、精雕细刻的美感与漫不经心的生动，自然而又突然，既有对唯美主义的追求，又同时不断地融入生活词汇，从而形成温青自我风格的语言结构，让人沉溺其中，富有穿透力。他擅于捕捉细节和瞬间的感受，字里行间融合了色彩、光亮、声响、气味和线条，加上通感形式的运用，恰到好处。

譬如《白发褪下的青春》："还不算老的时候 / 急促的白发，比黑发更沉 / 一片仲秋的山峦 / 逐一褪下整个青春 / 以枯黄掩饰 / 一座山中匍匐的灰白乡村 // 它放弃的黑 / 是记忆深处盘旋的纸鸢 / 它沾染的梦 / 是飞翔中掠过的白斑 / 它在最后一片山林 / 满地飘忽此生冗余的画面 // 那个正在变老的人 / 以青春遗蜕中的悲欢 / 铺展陈年的浪漫"。

诗歌不是一般的文字，它要的是一种不同凡响的感觉，一种可看又不限于可看、可闻又不限于可闻、可触又不限于可触、可摸又不限于可摸的感觉，单纯的漂亮造不出这样的感觉，字面的逼真也无法产生这样的感觉，只有准确、鲜活、跃动、蓬勃的生命表达，才可能滋生出让人心怡心悦、情悲情痛、潮起潮落的深切又真切的灵魂震撼与感动。

可能因为温青有着不同于别人的经历，所以，在他的诗歌里，总有自己的感觉、自己的语汇、自己的世界、自己的符号、自己的风格。虽然他并未脱凡离俗，但他却能特立独行，从诗集《面对青山绿水喊祖国》中，可以感受得到他拥有一个又坚硬、又清冷、又豪迈、又孤寂、又壮阔、又雄浑、又多情、又热烈、又高蹈、又细腻、又敏感、又无奈、又脆弱、又执着、又自信坚定、又融入洪流的活灵活现、呼风唤雨的诗意的世界。譬如："就这样归于平淡 / 一面面旗帜铺展成庄稼 / 一杆杆钢枪长出了谷穗（《退伍返乡》）""所以，他一直都是一把刺刀 / 只是换了一个地方 / 自己扎根到了深厚的国土里（《自主择业》）""每一名烈士的鲜血 / 都浇灌给了土地 / 那些无名的筋骨 / 重生在每一株庄稼里 / 就叫小麦、大豆或者玉米（《山脚下有座无名烈士墓》）""这一股股芳香而热烈的生活气息 / 正是人间模样/正是烈士们曾经口口相传的画图（《那些传说跳着广场舞》）""我有四十年，沿着水路出走/还有四十年，沿着浉河回家/我们都是大水冲不走的孩子/总有一条路，比水走得更远（《与一条路的关系》）""我们是一枚枚虫卵/在草丛孵化，成为初诞的礼物/献给大地的下一场梦（《草丛是大地的梦乡》）"，等等。温青的这种感觉，既有一种置身其中的切身感受，又对其有一种拉开距离的隐喻式的把握，那些"自然而然地从心中流露的东西"（鲁迅语），使得他的诗作没有滑向虚无泥淖，而是指向情感升华，从而杂色错综、生机勃勃，将深沉厚重的中年时光演化成了人的忧患、孤独、窘迫、压抑得以净化、得以提升、得以成长的福地。不再纠结，且听天籁，充满了天道中正，人如朝露的清新气息。

温青于中年时脱下军装，自主择业，与其说是一次正常的人生行进中的转轨，毋宁说是迎来了一次默契的突破。诗集《面对青山绿水喊祖国》并没有将中年之困之问之省铺排得满满的，也没有像温青之前以专注的题材去展开去延伸，而是有节制、有点位、有知性、有秩序地跳进跳出。于是，我们看到，虽然中年之困深沉、中年之问深切、中年之省深刻，却留白甚多空间甚大，有奇特的写意感，这也表明，温青人到中年后，在心理能力继续发展，社会角色的转换与适应的同时，对诗歌创作中的经验性的东西有了更深的体悟。

经验性不是历史强加的，抽象的经验没有在自己的经历中过滤，就无法拥有刻骨铭心的体会。因此说，诗人的创作应当具有历史意识，具有对一个时代风景的整体性关注和扫描。温青身处玉树、置身高原的经验，使他对现场有着深刻的认知，在他看来，与真正的现实脱节的写作，很快就会显示出无效性，而现场的意义有着无限的可能，一旦抵达现场，所思所想就会变得简明坚定。而且，会对已被消耗的文学元素自然而然地进行充分补充。正因为温青这种"在场"的感觉与状态，使其诗歌既在生活现场，也在文学现场，还在人生现场。譬如，《面对青山绿水喊祖国》那首诗让我们在无法相互抵达的现实里，通过诗句，隔岸问候。

这部诗集不仅有中年之困（客观存在的），而且有中年之问（主观发散的），更有中年之省（自觉的反躬身省），升腾着豫南大地的忠诚、坚韧与宏阔气息。透视温青的这个诗集，若论关键词，我想主要是孤独、寻找、继续成长。这里的孤独，不是孤单、寂寞，不是人的瞬间情绪，而是一种广阔而深远的，仿佛与生俱来，独与天地精神往来的孤独。这里的寻找，不是简单的扫描或者走马观花的采风，不是外在的游走，也不是在平行的时光中去探寻以及在未知里去探寻，而是一种内在而深邃的，致力于对自己感受的时间的掘进，使诗作之笔在打穿现实陷阱的同时，抵达更深处的诗意矿脉，甚至，仅从几个词出发，就能强化诗的意蕴，拓展诗意空间，从而获得对人的生命存在状态的抚摸和探究的勇气，以便在永恒主题范围内探索更多的因果、理智和秩序。至于继续成长，也不是名，更不是利。但温青愿意为之付出时间与精力，尽管已进中年，尽管很多人都自觉不自觉地开始了人生之路上的停歇，至少放慢了行进的步伐，在他眼里，更在他心里，却恰恰燃起欲望之火，平静中升腾起一种繁茂的力量，他觉得只有如此，才能避免与时间与岁月面面相觑，只有如此，既有意思，更有意义，对他无疑是一种精神救赎。速度与加速已成为我们这个时代的特征，这种特征投射到现实交往中与社会生活层面上，语言的固定化、简洁化导致抑或催生同质化表达的量化甚或泛滥，这无疑对诗歌具有根本性摧残。温青及早注意了这个问题，并及早进行了防范。在他看来，真正要将诗写好，需要有耐性和毅力，需要开阔的视野和探索精神，才能促使诗人既做到回望过去，又能保持预测前景的深刻觉悟。正是温青继续成长的自觉和颖利邃远的自省审视，使他突破了一般层次的审美的局限、瓶颈和知识的纠缠，通过自我砥砺，甚至与自己的对抗，实现了诗性解放的自由，从同质到异质。

温青往深处或有意味处耕作，力求以小博大。在写作中创作主体的精神状态和情绪状态是感情化、审美化的，诗人与诗作心理情绪走向自然的合流。由此，调动起温青的文学库存、生命库存，从而进入一种难得的创新性审美和文学性表达的心境和语境中，任诗句由心中之情汩汩流淌。

不仅如此，《面对青山绿水喊祖国》注重了温青"经历点位"与中原大地——信阳山、水、人、物、事所达成的同构。时间是空间的线性过程，即使自己的文字足迹显形，又让与足迹牵连的中年时光成为诗意画面的图景。在温青的诗歌创作历程中，迄今还没有哪部诗集比《面对青山绿水喊祖国》更专注、更投入地书写中原大地——信阳山、水、人、物、事与自己生命的关系。粗略算一下，除去文字表达方式上指代意义更浓的故乡、村庄、粮食、河水、父亲、母亲等外，直接到有名有姓的诸如大别山、四望山、贤山、淮河、浉河、新县、南湾湖、烈士陵园、信阳毛尖、胖头鱼、乌桕树，初中老师等就有近三十首，而"经历点位"

之作也不少见，关于职业的就有十多首，关于高原经历的更有三十首。如此一来，这个诗集清晰宽阔，丰富复杂，既有巍巍的大别山，又有悠悠的淮河水，还有森森的南湾湖，既有厚实的淮北大地，又有沉寂的乡村时光，还有喧闹的城市场景，既有白雪覆盖，又有苍鹰展翅，还有遥远眺望与咫尺凝视。

就中年温青而言，这种同构是必要的，也是必需的，在他看来，大自然与人类是互动的世界，青山、绿水、冰雪、树木、山崖、河流、高原、雪峰、花上的虫子、空中的鸟儿、水里的鱼、林间的动物……自然界中的万物因为人的存在而充满灵动，而人也在感受着自然的温情与诗意。大自然所有的包括不为我们所知的一切，铸就了温青生命中难以割舍的情愫和独特的生命体验，这种同构，使地域、职业和时代信息与诗歌语言相辅相成，相互融合，为温青打通了一个爆发的通道。所以，他爱用真诚把整个世界揽于怀中，这才有了他情不自禁地敞开胸怀，面对青山绿水喊祖国：

"…………

那个在战场中向往战场的孩子

终于找到了属于自己的山山水水

他用枪刺捅开了青春的屏障

迎来了血性的阔步回归

一株野花抖落尘埃

一棵禾苗开花结穗

在即将收获时光之果的年龄

他在激流中留下了不屈的诗意

那个在远方向往远方的孩子

总会想起妈妈藏于怀抱的话语

时光一遍又一遍地回放

世纪之交接续悠长的记忆

他在中年后喊起祖国

前方便是青山绿水

在一个赤子的梦境中

回响成辽阔无垠的星空与大地"

——（《面对青山绿水喊祖国》）

  在这个文学多元共生的时代，在信阳，温青的创作依然枝繁叶茂。因为温青相信，即使到了人工智能大行其道，乃至信息泛滥、真伪难辨的那一步，冰冷和孤独的人类仍然需要诗歌的抚摸、唤醒、激励，哪怕诗歌已经无法影响人类的生活和历史的进程。

温青性格内向，一直以来都是那副平静的表情，喜欢离群索居，喜欢暗自思考，是军人，也是诗人的他，内心却有着惊涛骇浪的激情和岩石般坚强的意志。我想，中年的温青定会一如既往、浩浩荡荡、势不可当，我相信，他诗歌创作的前方辽阔而旷远，因为，他的平静有着繁茂的力量。

目 录

contents

第一卷　面对青山绿水喊祖国

第二卷 山川布满尘世的秘密

第三卷　查看人间的一些消息

第四卷　飞雪擦亮岁月的痕迹

附：温青文学创作年谱

第一卷

面对青山绿水喊祖国

遍地老兵

老兵遍地，他们扎下根
结出一串串新兵蛋子
整块大地就这么硬实起来
他们黝黑的脸膛上
再一次隆起爆炸性的青春痘

遍地老兵，他们挺起胸
再次站成一杆杆标枪
整个国度就这么抬起头来
在他们坚强的脊梁上
枝叶与花朵
已经深入每一个梦想

老兵离开

老兵已老，他的白发
射出的弹痕毫不弯曲
那是枪支，在迸发洞穿天宇的光

他挥挥手，走了
对大半生填不满的枪炮们
流过满膛的泪，说过满膛的话
他最后一次焐热了那些铁
用爆炸了的离愁
把自己远远地射出去

他知道，他走之后
那些铁将开始重新冶炼
他希望自己流下的泪滴和汗滴
在铁的内部
更像铁

老兵还在路上

这些跋山涉水的老兵，肩扛旗帜

怀揣成长着的期待

一块版图融入魂魄

一双赤脚大幅迈开

那些奔波的人，已把双手伸来

远方的天际延伸到黎明之外

这些浪迹天涯的老兵

在出生地品尝露珠

冷却着一直沸腾的热血

他们还在路上

要走成大地的筋骨

沧海桑田里的铁

老兵回家

在这枪支发芽的田园
每一粒庄稼都是一颗子弹
你仍是一介农夫
回来检阅遗失于乡村的童年

老父亲的坟头长高了树木
一些流泪的往事爬上草蔓
风雨交加的日子呵
像泥土一样沉默
像青草一样平淡

老兵返乡
把一发炮弹种到田里
把一场胜利隐藏民间

老兵潜伏在战场

他不会撤退

会与炮弹掀起的草根纠缠不清

无论是哪个梦里

那些爆炸的号子

都在他的胸膛反复撞击

每一个音节

都长着他的一段骨头

和依附于骨头的叹息

大战起兮

每一位老兵暗藏的青春

都将爆发

一旦燃起便不能控制

直到一切灰飞烟灭

拿武器的手还能拿什么

老兵像悬挂于冬季的老玉米
白发苍苍
以层层蓑衣
裹紧一身金黄

撤下阵地之后的寒冷
让持枪弄炮的手开始龟裂
像玉米咧开嘴
要咽下残冰和暴风雪

它颤抖着摸索
所有的农具都在扎堆取暖
它掬起一捧雪花
用眼睛里的炭火
照亮一个季节

是兵，总会归来

是兵，终将归来
大开大合的人生
在这无边无垠的大地上熔解奔突吧
有多少塌陷的缺口
就铸出多少挺立的骨节

我们的老兵啊
撑起每一个弯腰驼背的日子
随时拿出我们胸腔里的热爱
你已看见
庄稼的掌声渐渐热烈
所有的战友都得到了预先号令
齐步跨进一个崭新的时代

旧城之忆

城墙孔洞里
有一百只灵兽和一千窝麻雀
我有十五年，羡慕它们打坐的姿势
和窗口外的杨树
呼啦啦地，不用理会
那些提笼架鸟的人

我在城南，门外
与过往的火车遥相呼应
也与一些无可避免的死亡擦肩而过
有些宋词里的悲伤
被我复制了
现在，我有一些复印件
它们轻飘飘地，散落到我的家乡

庄稼的小弟兄

水稻低腰攥紧一串串的小拳头

红薯以五指的叶片

盘算会在第几场雨后出土

我是它们的小弟兄

在湿漉漉的田埂上与蚂蟥棋逢对手

整个世界都是芳香的

偶尔突兀的牛粪

很快打起五颜六色的花骨朵

每一个戴花的小女孩

都把我当成沾惹牛粪的小牛犊

四十年后，我回到田间地头

那些当过兄长的庄稼们

还能碰见一把与它们共生的筋骨

老兵器

落地之时，裂而不钝
以断刃划开厚土
弹片包裹的烈焰
刹那间长出摇曳的禾苗

老兵器便回到了土地
生出无尽的柔软
把所有的庄稼都亲了一遍之后
蹲守在尘埃里

转身记

正步转身

在行人眼里是木偶

一根线

连着一副煎熬过的筋骨

总是被人提着

却只习惯向前走

被拉紧时

老兵的耿直如此勒手

转身而不转轨

一个人只有一条涅槃之路

机关

弹簧顶紧的自尊
冰冷，厚实
一直不能拐弯

弹片支撑的疼痛
时不时咧开嘴
吐出一次又一次伏击

这些连环的铁
有八卦生成的机关
相互咬定缺口
把一些不合时宜的梦想绞碎

生意经

一颗子弹是一枚硬币

一杆钢枪是一打票据

生意如此之硬

一单一单的战争

在亏损和利润之间

一个老兵不时踩响地雷

他把公司摆成军棋

冲锋之后不忘固守阵地

发展就是军令

向前就是军规

每一次失败，亮出一种武器

每一次成功，收起一种武器

冲锋

尘世的阴暗部分
恰恰笼罩了你
你说这偶然，多么令人羞愧
一次的软弱
会让一块铁流泪

无数次追溯源头
找到班长传下的一身正气
每一次向世俗弯腰
都带来骨头内部的破碎
不可阻挡地融化
让火焰扛起一面冲锋的令旗

面向悬崖的人生
视同胜败如常的军旅

相聚

打一瓶酒倒出浓烈的愁绪
这琥珀色的愁绪里
有一个五大三粗的自己
向兄弟们描述一个
头发灰白的伴侣

熬过的苦和累都开花了
接下来的几十年
我们将回到宽厚的土地
以酒为号
继续列队

插柳者

河岸放不下一颗空旷的心
它打动柳枝
甩出一叶又一叶瘦长的绿色
骑着风雨向东而去

一个老兵的忧伤，就这样
随处发芽
在有土有水的地方
长出一层凹凸不平的树皮
这些扎根木质的文字
一直在风中站立

余晖

一个人最后，晾在大地上
他所反射的光
有斑驳的温暖
和旷世的苍凉

那是一个老兵
在与自我为敌的战场
栽种尘世的花草
挥洒落日的怅惘

所有撤离自我的人
都会理解剩余的日子
和一些必须佩戴的暗伤

睡眠记

今生的不平
都摁进了睡梦里
以填补满面曲折的温软
安慰每一段雷打不动的辛酸

这是老兵的睡眠
手掌中挺立的炮弹如此饱满
那些曾经暴烈的力量
不再剑走偏锋
以安抚至爱的形式
抱紧余生，攀爬九天

旗杆

又瘦，又高，又直的骨头
在风口举起旗帜
飘扬的，是他沾满沧桑的灰发

作为旗杆的四十年
他不能弯腰
只能逆风说出一些短句
提醒过往的飞鸟
乌云里藏有枪炮的狂想

那是一个老兵
保留在头顶的战场

还乡

只把腰弯给土地
一个青春常在异乡的人
以沉甸甸的果实
给故乡送来落地的消息

一些折皱和隆起
重新栽进田垄
那是心怀大地的刀枪剑戟
以饱满的锋利
潜回自己的出生地

新居

铁打的营盘
被流水的兵一次次带走
长成高楼大厦
平房与茅屋

立功喜报与孩子的奖状
一起迁徙
阴晴圆缺的日子
被一个女人搬上了头
灰白的卷发
暗藏十万絮叨和油盐酱醋

退伍返乡

像抛撒在土地上的谷粒
迎风就发芽了
红彤彤的光荣花
披戴着苍穹下漫山遍野的雨水
退伍返乡
把一场场胜利原路带回

肩章与领花暗含的黄金
被一双双打通了沟壑的手
抚摸得如此锐利
这是一群怎样的孩子呀
平民百姓珍藏于家中的武器
每一人返乡扎根
都把满身力气融汇给苍茫大地

就这样归于平淡

一面面旗帜铺展成庄稼

一杆杆钢枪长出了谷穗

伤残军人

留在战场上的那一部分
永远是一个老兵
插入大地的锋刃
伤残的躯体如同一支钢枪
用生命的缺口继续瞄准

蓝图正在逐渐圆满
不会遗落任何一位伤残军人
他们缺失的血肉
早已返回自身
正在为一个伟大的国度
铸造一颗颗搏动不息的雄心

烈士遗属

那个血染的日子
是一个家庭永远高悬的太阳
一个人的牺牲
让一块土地从此自带光芒
英雄之家
照亮一个街道一个村庄

每一位遗属
都是一架山一条路的脊梁
烈士遗留的血脉
贯通整座江山的躯体与信仰
那些生命点燃的火焰
在烈士的梦乡里
地久天长

转业军官

把新兵和老兵当成公文处理
每一次批阅
都赢得一个穿越时空的敬礼
那些按照条令和条例发言的枪炮
都被摁进了一个个会议

网络交互打开了远程兵器
视频培训解密了一场演习
转业军官
在战场之外
永远无法放弃战场上的自己

他总是用自己封堵每一处漏洞
又总是在漏洞中遭遇无情的冲击
宁折不弯的形态
时不时地铸成洪流中的奇迹

他自知折断后有过多的短处
只好把一副老兵的筋骨
熔炼给整个社会

自主择业

战场如此拥挤

当一把钢铁的刺刀

从国门上拔下来

已找不到一个再次突袭的机会

自主择业

就是把战场攥在自己手里

他就地转身

依然背负着军人的所有权力

那就是奉献与牺牲

二十年、三十年、四十年、五十年

永远都不会放弃

所以，他一直都是一把刺刀

只是换一个地方

自己扎根到了深厚的国土里

光荣之家

晨光照见镀铜的钢铁

在门楣之上闪耀着黄金的光泽

每一次开门

如同擦拭一片光阴汇聚的期待

历史浓缩的方寸

铆钉了一个家庭永远高悬的热爱

邻里乡亲们深知

这是藏龙卧虎的名宅

无论解甲归田成为房主

还是英魂不息御敌于外

每一张牌匾所饱含的忠勇大义

必是一方泥土的筋骨所在

光荣之家

任凭荣光在时光深处一再打结

每一次重新出发

总是途经一个家族奔腾不息的血脉

能够反复照亮历史的传承

就是保家卫国

退役金

一张张暗生骨骼的纸币
像无数蒲公英的种子
乘风飘过山川河流
楔入无边无垠的苍茫大地

这些出自国库的退役金
不断重叠的厚度
催生着泥土深藏的刀枪剑戟
当国土成了战场
化作表格上的每一个名字
从每一个角落发出凌厉的突袭

给钢铁死亡的锋刃
给血脉生存的骨气
给大国之盾一层层大地的刚毅
就是——赋予一个国度

发展崛起的自由

捍卫和平的伟力

预备役登记表

每一位老兵
都在自己的影子里预备着
再次成为战士
退役档案里的预备役登记表
依然潜伏着军人誓词

当一位老兵
浓缩为一张利刃般的白纸
那便是一箱炮弹
搬进了一块土地的城池
从此，守卫成为一种生活
生活
也是随时出击的一种方式

退役军人优待证

像土地发给庄稼饱满的籽粒
像机器发给工人钢铁的荣誉
退役军人优待证
发给每一位老兵穿越硝烟的记忆

最不需要证明的
是一些老兵在大地上承受的风雨
他们要激发这张卡片中的雷电
再次照亮生命里的铁
在逆光中显现
长城一般蜿蜒不绝的自己
成为天安门城楼放射的一线光辉

他们还要证明
老兵已经和大地连为一体
这些人的一生

被一张卡片贮存
涵盖了所有回归泥土的信息

昂首阔步地奔走
英勇无畏地出击
沉默不语的奉献
初心不改的情义
其实是一群人在优待整个社会

最后一身军装

不一定盖上旗帜
最后一身军装上
还有领章、领花的红
足以证实一个人
此生就是一名老兵

最后带走的
总是一个人的梦
都包裹在军装里
只要再次抵达战场
所有的老兵会瞬间清醒

他们所经历的
都是传世的战争

军人的姿势

与军人相像的姿势
有大树，有山岳
有风雷，还有飘扬的旗帜
他在大地上如此醒目
迎风竖起
万事万物笃定的坚强与正直

钢枪，是他千锤百炼的魂魄
子弹，是他排列组合的日子
每天一个弹着点
都会引爆一朵包藏危险的云彩
打开祥和宁静的尘世

他的身影修长
与农田里的高秆作物起伏一致
他的肌肉饱满

都是金黄的高粱、玉米和谷穗

他还是架起超高压电路的铁塔

融入整个大地的血脉

在人间风驰电掣

与五湖四海的梦想一起

为大地穿戴闪闪发光的金饰

当一株草，一棵松

也站成了军人的姿势

那江河就是他正步踢出的足迹

海洋就是他齐步巡逻的城市

放眼整个天下

那些高大挺拔的事物

都在看着他

暗自练习做一位勇敢忠诚的卫士

他也弯腰

偶尔背起父母，妻子和孩子

那都是休假的时候

还会躺在小家的地板上

表演鲤鱼打挺的瞬间英姿

他也低头
偶尔面对以身许国的英雄战士
燃起自己的血
以头颅加固国门的城池
他将一直矗立着
这就是一个军人一生的姿势

面对青山绿水喊祖国

山是您的铮铮铁骨
水是您在生生不息
我初诞于青山绿水之间
行走了半个世纪

少年的山窝窝
迎风招展着鲜亮的五星红旗
那棵弯腰的老国槐
拉着一条九曲十八弯的清清小溪
在上课铃声中
出走了千里万里

那个小村庄的瘦小孩
使出了庄稼拔节抽穗的力气
他知道祖国在赶路
也知道家乡在梳洗

溪流终将理顺妈妈和姐姐的发辫
青草也会把满地尘埃托起

那个在怀抱里向往怀抱的孩子
一直面向青山绿水
用尽少年的力量呼唤自己
青春便来了
三山五岳和五湖四海
追随一只雄鸡迈开跋涉的双腿
重重叠叠的韵脚
连成千千万万奔波不停的足迹

那个在战场中向往战场的孩子
终于找到了属于自己的山山水水
他用枪刺捅开了青春的屏障
迎来了血性的阔步回归
一株野花抖落尘埃
一棵禾苗开花结穗
在即将收获时光之果的年龄
他在激流中留下了不屈的诗意

那个在远方向往远方的孩子
总会想起妈妈藏于怀抱的话语
时光一遍又一遍地回放
世纪之交接续悠长的记忆
他在中年后喊起祖国
前方便是青山绿水
在一个赤子的梦境中
回响成辽阔无垠的星空与大地

军人的孩子

距离是一些孩子的最大恐惧
他们最爱的那个人
总是在远方
总是在海里游，在天上飞
每年都有可能遭遇
一次那么忧伤的别离

这些军人的孩子呀
从小比小伙伴们有着更大的力气
他们被勒红的小小双手
开始提起父亲的行李
也时常敲出
杂乱的锅碗瓢盆交响曲
那个在生活的噪声中
逐渐消瘦的母亲
慢慢沾染了一丝丝军人气息

她已经指挥若定

手下的战士

也开始在课本上攻城略地

在一张张纸糊的战场上

留下满分的标记

她已经大智若愚

手下的战士

再也看不到惊慌与畏惧

大将风度

包括一些空城计

与一个女人结合得如此完美

军人的孩子就这样长大了

如同一颗种子

钻出了大地

在一叶一芽的时候

就已经饱尝了风风雨雨

他挺胸抬头的样子

像极了那个老兵

在哨位上盯紧了边荒

在边荒盯紧了市区

以自己的筋骨

为一个时代留下一些铁打的东西

英雄站立

雕塑，大理石，翠柏和花枝

英雄站立于广场

那是一次次牺牲

镶嵌于巨大版图上的胜利之日

它披戴朝霞的光泽

也接收夕阳的凝视

扶他前行，活下来的兄弟们

继续率领鲜亮的队伍

正在版图的每一个角落

誊写出征的誓词

这些人间英雄

仿佛刻入大地的每一个方块字

他一直在时光中站立

背负着广阔的农田和喧哗的集市

一张国字脸棱角分明
一柄长枪刺铮亮笔直
这是一道道凝固的火焰
在青山绿水的大地上
如同出炉的钢铁
聚拢遍布国土的水泥与石子

他们凝成路标，重生为种子
伏身，是人民子弟的姿态
站立，是人民战士的姿势
这些挺直腰杆的庄稼
以一身筋骨和饱满的籽实
撑起一个国度的猎猎旗帜

所有的英雄传说
都慢慢化作了一个又一个
摇篮边唯美浪漫的睡前故事
那些抗争与守护的热血
描绘时代的神韵
拓印民族的品质

他们一直站立着的梦想

必将昂首挺胸

走进最美的风景

走进永世传唱的英雄史诗

把路走直的时候

把路走直的时候
人就老了

在无路之处
大地多么美好
所有爬行的植物
都是亲密的朋友

我隐身其间
已然忘掉了来时的道路

一个需要时光安慰的人

他拿过太多的奖赏

都是割除棱角的刀片

他隐藏半生的疯狂

被人间草木覆盖

他是个需要时光安慰的人

他羞惭于自己

早年折叠在诗句中的时光

退出一棵树

唯有植物尚在直立
弯腰的人
只能抬头
为一朵乌云打开天空
沿着细雨返回

慢慢退出一棵树
以枯黄，覆盖赤裸的土地

听风

一个人能丢失多少东西
在风中
一声又一声叹息
都落给起伏的大地

我就抓住了一滴泪
它有圆满的过往
和冰凉的破碎
乘风之时
暴露一无所有的秘密

退出大地的草木

在异乡走多远，才可以回家
在人间走多远，才可以躺下

在阳光起伏的床榻上
一个衰败的人
要多少年，才可以重新发芽

退出大地的草木
可愿开成新生者悼亡的鲜花

一条河流脱下外衣

在大地上曲卷太久了
一条河流脱下草木的外衣
它要平躺着
以清白而冰凉的肤色
拉近人间与天堂的距离

流淌一生的水啊
内心装满一条河的奇迹
尘世所有的悲辛
都在浪尖上留下自己
那袭纱衣的破绽
是一个流浪者佩戴的美玉

土地这本经书

翻腾一万遍

挖出的每一个字都不相同

这经文织就的土地

贴着一万张活动的面孔

庄稼汲取经卷的水

以空秕与廪实

反复滋生每一句偈语的本命

这些泪滴一样的谷粒

楔入大地之后

再也不愿苏醒

在坠落中回到自己

豆荚豆荚
开口让我们各奔东西
豆萁豆萁
折腰让豆荚重新闭嘴

失去三粒豌豆的农人哪
盘起一双静脉嚣张的泥腿
日出日落间滚动的豌豆啊
堵住大地的漏洞
窥见时光逃遁的隐秘

所有的圆满
都在坠落中回到自己

万物之诞

从死亡开始
没有不能完成自己的事物
从诞生开始
没有不能打开自己的果核

万物都不能阻止自己
像一座山
必定给出脚下的路
一条河
必定在心底铺展泥土

也像我
在灰发丛生的时候
拿出纯白的童年
一心涂写命运之书

此生

一场火如此饱满
让一个世界野草重生
它们开出细白的花
在赤裸的土地上
铭刻闪电
和人间的所有不平

就像你的起伏
如此惊恐
在梦中伸展的厄运
指引你坠入此生
历经成长的暴力
必将抵达一首诗的绝境

另一个世界有我的倒影

我的倒影来自父亲
在另一个世界，攀爬到枝头

他超出一支队伍
飘扬着失落的孤独
他蛰伏于坟头
以乔木拉长一个土生土长的家族

人间在发芽吐绿
他是以灰发妆点前程的归乡人
擎着内心的暗影
与即将埋葬自己的土地交换礼物

第二卷

山川布满尘世的秘密

山脚下有座无名烈士墓

花草总会多一些
和有名字的墓碑相邻
无名，是最闪亮的名字
仿佛所有人的亲戚

每一名烈士的鲜血
都浇灌给了土地
那些无名的筋骨
重生在每一株庄稼里
就叫小麦、大豆或者玉米

当然，水田也有扬花低头的稻穗
像极了无名英雄
一座座沉甸甸的墓碑

怀抱英烈的四望山

四望天下，杜鹃红了
山的怀抱中
遍布晚露与朝霞
那是一片片烈士的热血
哺育着漫山青茶

历史一直生长在山坳
总有一天会长高长大
英雄的墓碑
就是四望山
向着四个方向，望穿天涯
一座山的姿势
就是要赶路回家

墓碑扎根在山梁

山梁，是诞生英雄的地方
他们都化身为悬崖了
每一座，都面向自己的家乡

那些硬骨头已经扎根了
他们在绝壁，昂首挺胸
站成墓碑的模样
也站成一个山民的模样

他们已经是高山了
在另一个远方安居的亲人们
内心里有着墓碑的方向

家族的荣光

牺牲在外的每一位战士
都是家族的荣光
祭奠将召唤所有的英灵
衣锦返乡

有多少英雄长眠在战场
就有多少家族的少年
抬头眺望远方
他们血脉中有着闪亮的路标
指向光荣的梦想

这是无数家族
不断走出自我的希望
这是一个英雄的民族
一直在牺牲的路上茁壮成长

大别山麓的课堂

提纲挈领的部分
是十万英烈赴死在战场
细微之处
是山清水秀的自然风光

百年风云
为贫瘠的山水披上盛装
过程如此生动
在每一个村落每一道山梁
牺牲者都如茶花绽放
百年大计中
留有毛尖的清香

奶奶的力量

那个人浑身是血
一头栽倒在山梁
一群日本鬼子像钉耙
划过每一寸土地
久久停顿在牺牲者身上

奶奶隐藏的山洞
透进了一丝如刀的亮光
她目睹了一个战士的牺牲
为一具破碎的遗体
举行了一个人的国葬

从此，英雄在山脊继续生长
一个少女的花环
圈定了无私无畏的力量

守墓者

传说中
英雄的姓名如同迷雾
一滴血泪的承诺
就是对整个尘世的守护

一代人
忠诚会传递到骨肉
于是，一个守墓世家
不断繁衍着
一个民族的浩荡无边的疆土

每一个守墓者
都守护着英雄精神的源头
每一个守墓世家
都守护着人类血脉的河流

那些传说跳着广场舞

不要赶她们走
让这些仪态万千的中老年妇女
在烈士陵园尽情跳广场舞

那火红的扇子
多像当年的篝火一簇又一簇
那火光跳动的样子
多像冲锋时大刀长矛带动的红绸
那一扭一扭的腰身
多像支前的大姑娘小媳妇

这一股股芳香而热烈的生活气息
正是人间模样
正是烈士们曾经口口相传的画图

烈士遗书寻到家门

向父母报告

儿子还在国门浴血奋战

向妻子诉说

队伍上有吃有喝顿顿管饱

向小伙伴们唠嗑

等你们手里也有了枪杆子

一切都会变好

读到遗书的孙子辈

求证了每一个字的乡音俚调

在多少年后

依然隐藏着铁锤和镰刀

半张脸的烈士遗照

也许是炮弹削去了半张脸

这张烈士遗照

有热血印下的黄斑

它穿越了时空

在一座座高楼大厦

还原一场惊心动魄的恶战

一群安居乐业的子孙

把半张脸看成闪烁寒光的刀剑

他们要仗剑行走

在灯红酒绿的人间

剔除一些愧对血脉的妄念

这岁月凝聚的锋刃

就是一枚有了灵魂的手术刀片

一把钢枪的亲人

每一个节日
都为一位位烈士的姓名打上红框
在世纪之战的背影后
亲人们的血脉终于一同回荡

你不是断线的风筝
只是在祖国的万里晴空
自由翱翔
你不是流浪的孤儿
只是在祖国的万里边疆
站成了钢枪

现在，魂兮归来
无数接过了班的子孙
已经长成你传说的模样

为烈士寻亲

国门前的每一个战场
都埋下了无数血脉的线索
一直在人间发着微光

无数英雄的子子孙孙
在为英雄网上寻亲的活动中
找到了血脉的方向
那些为国捐躯的人们
有自己的祖辈和父辈
自己的骨骼
原来也是一杆不屈的钢枪

为烈士寻亲
就是为家国添加栋梁

烈士遗骸返乡

最高的礼仪是送入土地
这冒着火星的游子
是一颗颗震慑人间的惊雷

家乡就是新的战场
士兵就是十万亲人子弟
把国门搬入家门
头枕田垄安息

烈士的遗骸曾是散落的星辰
如今温暖着童年的梦乡
在每一株庄稼上
把英雄本色按进每一颗谷粒

大别山上的月亮

千万里同一片月光
大别山的英灵
都栖息在圆月之上
他们守望的土地
总有一片就是家乡

没有守护就没有牺牲
没有故土就没有远方
一枚圆月所饱含的情义
就是一尊英灵
对一条山脉的所有期望

大别山清明祭

土有魂，石有魄
松柏和丛生的茅草
深深记得——
那年那月那天的烈火
扎根在大别山坳

从此，山脚下的草莽
不断看到冲出山梁的飞鸟
翅膀带动一颗颗星辰
指引贫苦的人们
用拳头、斧头与镰刀
打碎禁锢千年的精神枷锁

热血已经化作火种
埋藏在大山的角角落落
一到清明时节

火红的杜鹃花

向整个人间——报告

漫山遍野的旗帜

又一次唤醒十万大山

在一个时代的苍穹不断闪烁

壮烈牺牲者

化身火焰的花朵

无名奉献者

便是山麓生生不息的茅草

他们永生的信念

在大别山的每一个清明节

点燃人间灯火

着火的乌桕树

山一直憋着气
脸升腾在乌桕树上，红了
大别山，有叶状的火焰
是乌桕树的秋天
它面临对流的季节
已不愿再藏身

它岩浆的内心
以乌桕的枝叶奔流在旷野
这是命运
也是命定
乌桕树燃烧的时候
世界将变成另一种样子

大地捧出红星

草木变黄的季节
几乎所有的果子都在变红
这是生命的颜色
大地用心捧出它们
召唤所有的飞鸟
在高处，赠以红星镶嵌的顶戴

从此，大地红了
新县的旧事物们
在大别山上，被光芒覆盖
所有赶早集的人
都知道，在一条路上
车水马龙的方向就是未来

红果子是大山的纽扣

作为大别山的纽扣
成串的草果子红了起来
随风翻卷的黄外套
在乡村瓦舍的轮廓里
渐渐厚实
秋水在山涧走向浅淡
绕路而行的风
开始借用红果子眨眨眼

秋天就要脱下绒衣
厚棉袄的纽扣，只是妆点
敞露胸怀的大山

南湾湖

湖在西头。但它早已通过浉河瘦身而出
我有十五年与它同行，用它凉薄的水
提醒自己：此生只会越来越浅
流过四十八岁时，湖底将一无所有

那尾胖胖的南湾鱼，学会了皱眉
茶岛的秋风里，一些板栗频频开口
它们说出干枯的水草
和暗藏于新区的某些权贵，已走投无路

而我，一个以茶为诗的人
在湖畔路上
继续对那些走失的毛尖们品头论足

毛尖

一千年长出毛，一千年冒个尖
又一千年走下山路
作为茶，你在最后一千年里
上市后成为化工原料的外衣

你的绿色如此泛黄，作为资本的蒲扇
被最后一波茶客摇动着
我们这些饮者的心，凉不下来
举杯邀约湖畔路上的行人
摘下一片云雾
便知天下已无茶，地上有落叶

为这片土地打上四十八块补丁

每年都要啃掉一块比铁还硬的世界

补丁在皮肤上自然长出来

像无数个我，堵在日子的窟窿眼里

不知如何进，更不知怎么退

索性蜕下日积月累的尘寰

披上缀满枯黄的襄衣

再为这片土地打上四十八块补丁吧

让堆积一身的苍老

沿着一首诗的破绽原路返回

秋天

为秋天起个什么名字
等它涂满黄金，以及死亡的色彩
等它向下的冷
一步一步回到土地

水在中间。保持着一百天的微笑
每一道波纹中都暗藏冬天的食物
在一些人心底
有秸秆搭起空落落的家园
门头破红的横批
以蛛网连贯，一条路上紫气东来

看见远山隐于近水

山远于水，就如同云远于星辰
我居于山坡，就如同
在彼岸。守着一湖不平之水
深深浅浅的雾中，有十万尾鱼
游来游去

我给每个夜读的人送一枚萤火
照见千万丘壑。他们与我相隔有山
我与他们相连有水
就如同，湖心岛上的养猴人
把指点江山的手势普及到一个王国
看到湖畔路上，还有一个自己

我们都是流寇

我住在湖畔路

前有浉河，尽头便是南湾湖。

十二年来，我只亲近水。对路上行人

保持着可让尘埃落定的距离

我早已知道，他们内心都拴着猛虎

在十万大别山里，曾经落草为寇

我现在要回归田原

对每一个流寇的故事保持尊敬

像是找出自己的戎装照片

和三十年的荒芜，贴在一首诗后

与一条路的关系

与湖畔路的关系，很显然
其间有一座水库，它成为湖泊时
很多山不见了，包括一些山鸡的草窝
都漂在水上，变作了胖头鱼

我有四十年，沿着水路出走
还有四十年，沿着浉河回家
我们都是大水冲不走的孩子
总有一条路，比水走得更远

树站在河边

只有落叶，带走一棵树经年的战栗
以及与河流相关的倾诉

它站在河边，每年有一次流浪的机会
以漂移的魂魄，出走三百里
等它落尽此生的语言
那些枯萎与腐烂，才以叶脉通达天地

它对接下来的寒风，说得更多
并截留沿河奔跑的冰雪
裹紧赤裸的身躯

秋天竖起另一条路

树叶一老，秋风就要拍打它
我被卷起来的归路
一不小心就会着地而碎
我为它找到一条河流，弯曲时
整个城市都开始升起白烟
那是另一条路吗

秋风也会老，雪花就要拍打它
那条上天的路，会更白
如同归入虚无的尘埃
在渐渐丢完自己的颜色后
再也找不到一条路指向的天地之界

一条没有形容词的路

雨在栏杆上一直瘦着
走向秋天的人们，带着倦容
与一条没有形容词的路
不告而别。颜色渐黄的迷雾
要找到大地的本色

那本命一般的尘土，开始逃遁
沿着一个内心孤独的季节
抓取所有的形容词。打扫路面的
是一帮不识词语的人
他们有着硬邦邦的眼神

草丛是大地的梦乡

没有野草爬不上的楼顶
一座城市的心思
藏于怀抱红尘的草丛

我们偷窃虫蚁的生活
在一株草的根部
洞见无限辽阔的人生
那些盘结日月的泥土
在整个世界筑满了孔洞
只等暖风来临
吹醒一地的生命

我们是一枚枚虫卵
在草丛孵化，成为初诞的礼物
献给大地的下一场梦

一只鸟巢暴露了人世的秘密

首先要弯曲和柔软
一些难免尖锐和垂直的事物
不能过硬，过长
周而复始，向每一次屈就的圆满
不断低头

世界如此混乱
又如此顺利地绕自我一周
占据能够承担一个家庭的树冠
就是一生的追求
更多的危险，并不在高处

那些捣蛋的人类
早已不会爬树

湖畔生活

人间终于略为平缓

尘埃透明

目睹波浪排除一些妄念

湖面向大地交出深蓝

就像我

用湖水浇灌燥热的中年

把诸多不合时宜的返青

投喂给优哉游哉的胖头鲢

下半生的水还很深

白发将根植在寂寥的湖畔

一群游鱼必定熟识一个诗人

衔去斑驳的手稿在湖底流传

日子穿城而过

我在浉河边抚摸每一株水草
打动它头顶的露珠
进入波浪的方式
就是一次次粉身碎骨的坠落

那一颗颗日子的心
随一条河流穿城而过
走到没有人烟的荒野
放下一株水草模样的我

河柳居

有河不可进
有山不可退
有旧年景，卡在柳枝里
有风翻卷匍匐的白发
比如柳絮
蹒跚于大地

过往皆为尘埃
落于贤山，化身千万植被
有浉河之鱼
认下一株河柳
搬入树根打开的新居

梦游者

偶尔有人拦住一个梦游者

不让他走向河流和高山

他便越走越远

即将走出人间

梦游如此美好

一个人醉心于脱离尘世的演练

他获得的奖赏

与人间少有关联

梦醒之时

所有的碰撞都将烟消云散

第三卷

查看人间的一些消息

旋涡般的伤疤

吸取了半生伤痛
一枚枚旋涡般的伤疤
点缀着大地和天空
所有心怀不满的人
都无法填补自我破裂的漏洞

尘埃已经落定
那些路过人间的刀叉
在死亡丛生的餐桌
得到了幸存者预约的黎明
它们刺穿耳膜的切割
本来就是走向世外的远征

留下来的人
要为每一枚旋涡打上补丁

世界何以明亮

在一双悲伤的眼睛里
尘世的疤痕
是一地暗影披戴着月光

他不相信寒星发芽
深知一些花朵频频开口
吐露死亡
而黑暗的果实中
有无数沉默的生命潜心躲藏

孕育一次复活的过程
让世界得以明亮

放在梦中的事物

棱角模糊不清
来历不可考证
躲开逼仄的人间
它们轻飘飘地进入睡梦

一些蛛丝马迹
老成闪烁微光的枯藤
所有牵连的记忆
在断裂之后迷雾重重

它们在虚空中如此突兀
从不顾惜
一个中年人塞满叹息的梦境

向一条蚯蚓问路

人间没路了
问过了所有的人
最后指向一条蚯蚓

它说，我就是一条路
不确定的弯曲
都留给了浮尘
走完自我
才知道泥土有多深

如果回到人间
所有的路
都在无路之处通向人心

楔入大地的力量

肉身楔入大地

那些骨头，一把把钝刀

只有折断

才会更加锋利

沉重的石块

要压下一生的怨气

多少不可言传的隐私

都爬不上墓碑

向泥土楔入自己

重生之后，一切都将忘记

万物静默地消息

在雷霆之前，万物静默
它们奉献闪电
向人间报告
一种狡诈而暴戾的病毒
即将读出死亡赋格

阻断悲剧的幕布已经着火
所有台下的观众
和演员一样惊心动魄
这善于堆砌喜剧的世界
破裂了着地的一角

每个人灵魂的倾覆
在万物的坚持中
终将完成对大地的承诺

人间潮汐

大海往岸边走时
要向人间传递什么消息
那是一些冲进骨头的盐
和流入血肉的水

它要完成一个人
也要涨起一群人的潮汐
它知晓大地就是牢笼
收回了那些跳向岸边的鱼

浪头不断折返
才能再一次冲向大地

白马的隐喻

人世间炮火如花

只有那个内心空旷的诗人

在迷茫中

追随一匹奔向河流的白马

它的孤傲

在流水中沉浮不定

无数绿色的漂萍

要指引它回家

一匹马的惊涛骇浪

如同隐喻，和地平线不分上下

它把奔腾的自由

送给大地

留下一身磷火的骨架

留给大地的东西太多了

懒惰有罪。三十年没有取走的
黑色童年，在田野里扎根了
此后，挖掘土地已经是一种破坏
草木一旦有了家
大地就变了

所有的妄念都会长出叶片
在茅草屋前，陈列自己的想法
不到五十岁
你根本不知道
上半生，留在大地上的东西
实在太多了

小雪借去了白发的苍凉

人生入冬
小雪是最后一个姑娘
她在中年的头顶上站立
为每一根白发
穿上银边的衣裳

在她还小的时候
要借一些白发的苍凉
一旦覆盖了大地
她将造访一颗冰雪的心脏

荣誉长着黑色的翅膀

黑色大鸟从一个人的头顶飞过

翅膀挂满荣誉的羽毛

在中年之后

他脱下这些不合身的外套

一头灰白是多么轻松

而染发

就是被恶变的荣誉再次笼罩

飞走的事物是那些黑

留下的白发，是干净的自我

而纯粹的白

从来不会衰老

我原谅那些离去的黑发

离开一个诗人的大脑
那些回归尘埃的黑发
是不是还活着

与我相处的日子
是和一块榆木相互咬合
从来没有什么造型
也不能羡慕一片黄叶的飘落
离去之时
正值一个句子奋力摆脱句号

它深深知道
我那些耗尽了黑色的诗篇
在灰白的人间
总想唱出回家的歌谣

回到空白是件幸运的事儿

半路返回和一些夭折
在草木深处，时刻存在
生命如此通透
空白，也不再狭窄
任我们带动肉体，穿越黑色

最幸运的事儿
是从空白回到空白
中间那些坚硬和软弱的部分
在人间，已被侵占
被大片的黑色覆盖

逃出一个羸弱的诗人
以空白记下浓墨重彩的时代

时光擦亮头发

用四十九年，擦亮头发
以泥土裸露的灰白
催熟一片庄稼
它疯长过黑色的灌木
冬天到了
就要开出满头的雪花

雪花可以擦亮天空
看一个行色灰暗的人
让黑发燃烧
高举头顶的火把
看一个隐身冰雪的人
借助大地，随枯草攀爬

两鬓结霜让头脑冷下来

年近半百是一个大词
两鬓结霜是一个生词
它们一起出现
迅速冻疼了一首诗

充满凉意的中年
霜花是头顶细脆的刺
它一天一种形状
一夜被捋顺一次
一旦被头脑融化
便滴成一串冰凌的文字

凋落的黑发敲打地上雪

黑发蜷曲为软弱的问号
答案是一场小雪
在尘世暴露的一些斑驳
人间一直如此
乌云开花，也是大地的凋落

黑发敲响地上雪
风声，带走一个人
他是一片混入雪花的鹅毛
在裸露的泥土上
为一根失色的黑发摇曳凭吊

余生以白发掩盖着激情

白发，是火焰里膨化的虚空
那里装进了一个人的梦
要赶在枯萎之前
掩盖噼噼啪啪的激情

那是一个人的幻影
以热冷相间的色彩
分割自己的余生
那是，一段丢失自我的过程
前半程的累
让后半程如此轻松

找不到后退的路了
只好听从不断前行的冲动

黑白之间的懈怠

人生的灰色地带
在黑白之间，有丛生的懈怠

人间有雾
草木驻足于旷野
一个丢掉了故乡的人
他的懒惰，带着露水
凝结了半生的无奈

那些懈怠，有如半月
切开了浑浑噩噩的白昼
摆渡了人到中年的暗夜

白发，洗去天空的暴力

乌云，隐藏着毁灭的暴力

只有鹅毛大雪

和狂风一起，才能擦亮天空

垂落一地白发，以阳光

点燃枯草的柔美

火苗在冰雪中伸出手

捧上泥土深藏万年的奇异

世间有白色花

也有冰凌封存的锐利

它们一起匍匐在风霜之上

抵达白发根部时

天空将倒悬于一片冰封的水

白发在黑发间隐藏了秘密

一夜之间，它被风霜
打上了白色的秘密
在通透之处
以黑发，作为最后的掩体

发生肉搏的时候
只需剃度和抛弃
秘密，便成了一地灰暗
杂乱、混淆，不可破译

此生已不能分拣
纵横交错的日子
只能在斑秃之上，再度割据

卸下沉重的黑

走到半路，你感觉到了双腿
已经学会了崎岖
它们开始相互碰撞
偶尔彼此越轨
向一个未定的远方
表达出弯曲的飘浮与战栗

那些灌满了悲怆的黑发
像是负重的绳索
拉动汗渍，绷紧斑秃的头皮
根部的沉重，敲打头脑
敲打那些滑入下半生的伤悲

一个从头开始花白的人
就是要卸下沉重的黑

斑驳打断了厄运的到来

步入尘世的灰色地带
头顶的斑驳
以参差不齐的退缩
打断厄运的到来

雨露知晓过往
暗藏一个少年澎湃的热血
迎风站立的草木
每一棵，都记住了
一个惊雷滚动的季节

雷是爆裂的刀斧
电是燃烧的绷带
天穹深处四处飘荡的乌云
以粉身碎骨洗涤世界

雪是大地的假发套

季节不愿意迟到
它要熬白一切
给大地，戴上飞雪的发套
山河一体
人间，抹平千万沟壑

只有一个踽踽独行的人
作为尘世的斑秃
不愿意被大雪埋没
他识破了假发的秘密
提醒整个世界
雪化之后，春雷随时引爆

谁藏有自己微黄的胎毛

谁用胎毛笔写下名字
那微黄的笔锋里
有着奶声奶气的喊叫

由黄到黑的过程
装满一个家庭所有的空间
和一片土地
无休无止的饥渴
在最初的草木开花之后
每个孩子，都是一枚
水灵灵的浆果

五十年后
初生白发的柔软
多像写下文字的胎毛

那些黑色的阶梯

在暗处，看不见足迹
一些黑色，会慢慢聚集
在光阴冷却的时候
凝成锁链。等某一个梦破了
将会缠上双腿

避开向上的捷径
是一个人下半生的福气
黑暗中行走的日子
总要渗入白发
必将打断一些自然的卷曲

交班笔记

交班笔记先写一段
今日住院人数，危重病人分析
进入太平间的
有没有遗留问题

也偶尔记下手推车的喘息
和一些住院亲友
看死神一次次擦肩而去
病房楼拉长的斑驳
在风声里成群结队

就这样三十年了
见惯了生死别离
早已记下人间并无大事
人人都要烟消云归

人间大雪

人间很冷

需要盖上大雪

万事万物，被沉默覆盖

有一些病痛

在病床上还要喊出冷

白色被单，落满萧瑟

大雪要化

春天什么时候会来

那个在村前铲雪的人

铺开大地的时候

留下一行脚印，专心等待

重症监护室

各种仪器的液晶
闪烁着地狱与天堂
这些在昏迷中踱步的人
走出来时，人间改变了模样

杜冷丁给予的世界
混入了超越此生此世的幻想
从黑暗中抓取的亮光
在一个人内心深处慢慢生长

与死神擦肩而过后
沉重的肉体开始了飞翔

麻醉术

在生死之间搭讪
麻醉剂与手术刀一起
欺骗一具肉体
剔除，修补，缝合之后
疼痛又是活着的消息

有一些欺骗过于深沉
死亡便是无疼的结局
在一个灵魂沉醉不醒之时
人间自动修饰
保证肉体最后一次完美

心脏手术

风湿，闭合不全的心
包括二尖瓣球囊狭窄
都是上帝故意失手
体外循环，就是把上帝挪到体外
天使接手上帝
冒险修补残缺

最初，成功率刚刚超过一半
另外将近一半的缝合
只是天使向上帝表达的愤慨
幸存者的一道长疤
是人类越过上帝的台阶

无主病人

她被撞倒后，无人认领
仿佛与人间没有关系
凭空降临尘世
一落地，面相六十多岁

一个月后救治失败
一个护士，默默拽直她蜷曲的腿
送往太平间的路上
一盒酸奶发出一声哭泣

我用手机，为救助无名氏系列报道
补充一则消息
一个走错了路的人已经回去

最后的病友

抢救一个，另一个会忍住
不愿同时病危
让两个世界一起颠覆

内心里把彼此当作陪护
重叠的人间
会有重叠的疾苦
重叠在病房的两个人
就多了一条道路

你踏上一条，向他不断挥手
他踏上一条，向你频频回头

一盆绿植看到的生离死别

只有三五片叶子的时候

被一双小手

捧上肿瘤病房的窗台

看着美丽的妈妈

脱发，浮肿，昏迷，衰竭

然后独自长高

一次又一次被遗留下来

每一枚叶片上的眼睛

都看到过一次生离死别

直到长得过于茂密

陪最后一任主人一起离开

器械包

每一件手术器械

有一百张面孔

它们被包藏在一起时

叠压着死神的阴影

以一百种姿势

切割，缝补，探查，修正

它们借走热血

传递世外的冰冷

告知危机四伏的人间

一些灵巧的手掌

正在拨乱反正

护士老了

夜班是一只老虎

比所有的女人都厉害

当两只老虎打架时

从来没有胜利的一方

在病房里

监护仪闪烁着忧伤

照见一张护士的脸

和窗外那枚波澜不惊的月亮

桂花树的斑驳

在人间，有麻麻的亮光

她喜爱病区的桂花

凋落时，会有一袭暗香

第四卷

飞雪擦亮岁月的痕迹

梦中的粗瓷大碗盛满了忧伤

三十年的光阴在梦中截流
流浪中的那只粗瓷大碗，破碎了
洒落它盛满的忧愁

那时候的忧愁是蓝色的
照见一颗颗星辰在赶路
一地月白色的碎瓷片
给赤脚的少年人，指定了旅途

此后，他又走了三十年
拾起那只粗瓷大碗的每一块碎片
回到满碗的忧愁里
洗掉一身荣辱

掌中刺

因为抚摸

一些坚硬的异见者

挺身提醒，一个柔软的人

肌肉中有倒悬的光阴

抵达一定深度后

疼痛得以美化

一些感染了尘埃的神经

吸收了

一团渐入幻境的混沌

与一根刺交换梦想

手掌的力量，向内部延伸

虚火

四十年悬浮
一个向自己道别的人
要以上半生的虚火
烘烤人间

他认定一些食物
含有水分
他按下将要膨胀的光阴
像按下自己的胃
向被自己吃掉的无数生命
弯腰躬身

他知道
这堆砌的脂肪
无法引燃下半生的雄心

拾梦者

他在梦中背着箩筐
把每一个梦中的自己
看成筐中蹦跶的鱼
一条一个模样

他从未想到
把水引入梦境
任由那些鱼们满脸沧桑
一个干涸的人间
在拾梦者梦里
盘踞着火的忧伤

送达梦境的订单

为这颗做梦的心
订购一个盒子
把每一个梦都留下来
整齐地码好
每一个细节

那个跨界的快递公司
可以到付
我愿支出溢满中年的无奈
它往返的磕碰
无需保价，一旦破损
索赔得到的也是失败

以黑暗为井

掉在井中的鞋子
每一只都装着半个灵魂
它盛满劫难
比深水更暗凉的日月
和穿戴传说的祖先

我也是抱定黑暗的井中人
四十年来，慢慢平淡
正以头顶的灰白
掩盖余生
掩盖继承而来的缺陷

在黑暗中打捞黑暗
一口井从昨天活到了今天
终将被暗中的事物填满

伤疤的切片

此生收藏过一片天
它薄白如纸
是一块伤疤的切片
透明，阴寒
被一首情诗
禁锢于尘世边缘

向大地表白过的人
流下滚烫的血汗
那块撞破人间的伤疤
只能活到中年

麦田吞咽月光

麦粒正在饱满中
那一地月光瑟瑟有声
走到麦芒之上
晃动蛛网
慢慢抹去自己的阴影

我是如何看到麦田张嘴的呢
那轮月亮
一直挂在一个孩子的梦境
没有人能够忍受
梦想被不断蚕食的疼痛

就这样
一个少年被麦田唤醒

落叶如我曾经的褴褛

漫天蜷缩的意象

褴褛而下

那个随落叶起伏的人

在渐渐完成自己

与一地枯黄，一起铺向远方

最终的结局都将展开

包括一棵树

脱身而下的梦想

寒露的消息扑空枝丫之后

积攒到十月的喧嚣都不再躲藏

给它一次转世的机会吧

接踵而来的冰雪，将有奔波的形状

节奏

昼与夜，生与死，你与我
在起伏中，彼此进入
如同辞旧迎新与天翻地覆
而这个阴晴圆缺的尘世
并不欢迎不在节奏中的事物

每一块爆炸的土地
都包裹了一个破裂的音符
它一直想吐露的真理
即将破坏这个带动人间的节奏
打破光阴的背囊
散落一地的，将是不可面世的污垢

走过雪如同走进自己

你拿出所有
都不及雪中一粒
从一朵雪花，到另一朵
你无法找到自己

雪中长出的图画
记下路过的绽放与封闭
等候远方的白，说出空旷
说出纯粹

摇曳的树枝，挂着水的魂魄
生出一个开着冰凌花的人
是不是你

落叶在路上变成雪花

你飘落的声音
就是一朵雪花在沉吟
要掩盖一个日子
在大地上留下的脚印

它即将暴露
一个季节破碎的心
比如落叶开花，冰雪重生在另一个国度
开启万丈红尘

悬崖上的人

悬崖长大时，天堂在眼前
被梦中的人布置得美轮美奂

我停下来，看见远处的山岚中
有一座草木的庭院

飞鸟们正议论一个赴死的人
会不会在半空中喊出仇人的名字
落地，便打破藩篱重生于山水之间

悬崖也是一条路
在人间，死亡有着美丽的盘旋

零下一度

上一度是我
下一度是你
我和你组成一枚冷太阳
横亘于枯草匍匐的大地

这些飘忽而至的大雪
和困惑的细水
在我们的内心深处
勾画出火焰留下的足迹

那些奔波的秘密中
有另一个远行的自己

摆渡人

船是一把古朴的刀
它在流动的月光里，截断悲伤
和对彼岸的窥视

落在河心的船桨
要长出一个女子的散发
每一根都通向
悬挂着星星的天空

摆渡，只是流浪的一种
由此及彼
把内在的火焰
都按进不能圈养的美梦

正月开始饱满

冰雪的养分，滋润新年
这辽阔的人间
从正月开始饱满
覆盖大地隆起的声音
把枯草的曲折
送到天边

从远方回家的人
捧着除夕这个炽烈的炭盆
开始孵化各自的春天
那挂在窗沿的正月
马上就要滴入泥土
要选下一个日子露出笑脸

大地伸出手掌

一叶一芽，捧出人间
最初的柔软
在山川河流之后
收集羽毛，蛋壳和鸣叫
捋顺一个幼年的春天

和风细雨，打湿五指
最优美的弯曲
在冰封一季之后
弹奏鹅黄，浅绿和柳烟
把一座村庄拉到眼前

一枚新生的鸟蛋叩响大地

生命还在原点的时候
就以生命呼唤大地了
在漫长的寒冬
一只鸟保留一丝体温
就是为泥土保留一枚火种

就这样
一枚新生的鸟蛋开始叩击大地
春雷响起来了
万物苏醒
一江春水流向远天，流入鸟巢
漏下一万声啼鸣

在所有的季节里
生命都像鸟蛋一样脆弱而坚硬

它凝聚的力量

和一个星球没什么不同

山水之间

此世剩余的部分
将是我们的下一世

所有没有暴露的事物
都是长寿的
在未知的山水之间
我也是
一株形状不定的植物
和山水一样

一半此生不移
另一半此生不定

花草照见荒芜的脸

他躺在尘埃里，风雨毫不相关
遗忘是多么大的财富
预备支付到大雪纷飞的冬天
他眯上眼睛，在秋叶起舞的马路边沿
任由花草照见荒芜的脸

他拥有剩余的时光。一脸坦然
无数扑面而来的蚊蝇
不再提防一个人类包藏的危险
他的平静有着荒芜的力量
足以应对，土地长出的所有阴暗

盲者把故事都关在心里

七十岁的盲者，不再说话了
他把天地间的故事都关在心里
他不再道歉
也不再领会别人的歉意

他已与此世两不相欠
活在以黑暗填满的光明之内
人间所有逼仄的情节
都飘入尘埃
他此生的想象，都不再落地

经过的事物留下什么

由此经过的所有事物
都在人间拥有座位
哪怕浮上尘埃，也不会退出
以时空的框架支撑下一次暴露

它们经过我的时候
常常把一丝丝灵气带走
那以汗水包浆的时光
每一次破碎，都在超越肉身的苦修

曾经到手的那些事物都留下了什么
它们消逝时，从不开口
只是凸起一路曲折
以己身显现众生，以沧桑隐于画图

废墟有所抵达

庄稼长不过野蒿

狗尾巴草结穗，弯腰穿越到夏末

它膨胀的几粒淀粉就要爆炸

一些飘忽不定的命运

将在荒野中燃烧

所有野生的火

都是大地上受难的孩子

他只会以风花雪月的形状

长成一棵棵相依为命的草

枯黄之前，在废墟中结一次果

路过月亮

在中秋，那枚挂在
父亲坟头的月亮
越来越明时
月影便填满了每个句子
这是寄给天上人的满月呀
它盛下了人间所有的冷意

十四年的距离，让您散乱的胡须
越来越尖锐
在走向天堂的路上
月亮是哪一站
您还能不能看到
月下人越来越小的团聚

我们组成一首越来越短的诗
路过最圆的月亮，努力追赶您

石榴籽就是那些离散的人

石榴开口，会叫住那些离散的人
直接把一颗颗殷红的籽粒起好名字
在中秋之夜，说出两个揪心的词
团圆与分离
就如同这些被酸甜包裹的石榴籽

尘世于一颗籽粒之间
有着无数种连接方式
所有分离的人，都有同一个月亮
无论一枚石榴中的哪一颗籽
都是月亮的孩子

送一些祸福找到归处

路过的祸福不可强留
无论它们包藏着多少珍宝
只能等到暮鼓时
任其奔赴命定的归处

我只留一些美好给黑夜
给床单上的那片荒芜
一抬头便是下一个尘世了
来来往往的妄念
早已爬上满天星斗

打磨终将离散的身影

保持匀称的秘诀
是耐心打磨终将离散的身影
给他一个命定的方向
给他一片内视的天空

那些紧身的服饰
包裹了疯长的青葱
一个把自我限定于此生的人
不断向上生长

捋直的是一条弯路
拉长的是一场旧梦

断裂带

大地断裂，岩石重生于世
大地震预备的生命
在经历所有的破碎之后
从泥土深处走来

它体内长有断裂的气息
在每一次蜕皮之时
都交付一些灵魂的碎片
然后，它不断长大
不断吞噬更大的断裂

写作是一只小鸟

鸟蛋打破的时候童年结束
我依然习惯于窥探屋檐和树梢

在俚语横行的乡村
写作是一只惊慌失措的小鸟
它的羽毛灰暗，翅膀陡峭
在田野的草籽开口之前
从不敢高声唱歌

只是以干净的草木
在最高的地方做窝

从泥土里翻出的正义

正义被泥土深埋
被翻出来时，它就开始疯长
它不是庄稼
从不结出果实
却需要果实喂养

我花掉十年
等它穿上庄稼的衣裳
最终，它依然赤裸
把自己绑在石碑之上

社会这锅开水蜕尽诗歌的羽毛

飞翔的鸟从天空掉下来
经过社会这锅滚开的水
内心的白云
都被煮熟了

我捞出一片羽毛
扑灭它的火
在这滚烫滚烫的人间
写一首冰冷的诗歌

在大雨滂沱的人间

我来时已很拥挤。白云出没的天堂

那些背对太阳的人，阴影在人间将选择谁

他笼罩的事物一直飘动着

戴面具的人和拿刀子的人

一起保守掠夺于尘世的秘密

他们把伤害装点成花蕊。和夜灯一起

打捞财物和荣誉——

三百朵云彩，每一朵都会流泪

这个大雨滂沱的人间哪

冲刷完我的土地就要把我收回

鸟儿越飞越孤独

天空是孤寂的
那些翅膀磕碰翅膀的鸟雀
都没有朋友

同行只是一次邂逅
落地不是分手
无论是聚是散
无需记下任何一张面目
这些白云和乌云的孩子
一齐飞向孤独

疲惫时俯身立作植物的叶片
前行时昂首跨越风雨的肩头

落叶穿上金黄的衣裳

皱纹是那些线索
在凋零之后的隐藏
三千落叶，都成了行人
无法舒展的面庞

风雨是徒劳的
一些蜷曲，有破碎的暗伤
它提醒过路的事物
伸出布满裂纹的手
为一次枯萎
穿上金黄的衣裳

小草扎上枯黄的翅膀

万物都有飞翔的心
一到秋天
小草扎上枯黄的翅膀
把此生的汁液
倒灌给来世的土壤

秋风吹折的日子
大地便是起飞的跑场
这些不能自拔的根茎
记下了一次疯狂
等到大雪覆盖的季节
学会更深的隐藏

落叶重生

风走过之后
落叶睁开眼睛
向泥土袒露一生的脉络
为一群蚂蚁
掩上门洞

从此
它不再飘摇
一心抚摸向下的生命
也许
再一次走上树梢时
就有了果实的安静

山上书房

读山读水
比读书更为重要
一个落魄书生
不能死在书里

写山写水
比写诗更为重要
一个平庸诗人
梦想眠于山水

山上书房里的人
不用攀山越岭

湖居

水草与一个人对话
它目睹的鸟，与人无异
经常说出荒岛上的家
有多么美丽

纤细的雨
是孩子们的门帘
一丛叶片
是排队上场的玩具
晨露落下的时候
一些蛋壳一边破碎一边流泪

这是八月
湖畔之蓝如此孤寂
我是它的旁观者
在酷热中，清净如水

立秋记

一个人的秋天

必有一些事物抛开籽粒

在大地之上

又一次看魂魄离去

季节在行走中如此惆怅

它弯腰低头的样子

是一抹浮云即将落地

辽阔的时候

所有的飞翔都不知高低

逼仄的时候

所有的绿色都通晓枯萎

走向下一季的人

把路过的景色裁剪为风衣

或任由落叶包裹

在人间继续隐藏自己

那些毛茸茸的事物

当心事长满脸颊
狗尾草伸出一千只毛茸茸的手
选择顺从
它知晓的事物越来越多
把一些习惯于摇摆的姿势
放逐于风中

满眼都是低头的狗尾
风过大地之后
漫天毛茸茸的事物
变得如此沉重
一道毛茸茸的闪电
即将突破悬浮于头顶的云层

鸟的突围

二十年前
诗还只是一块木头
在相国寺
有一百零八种表情
我一直想再加一种

一位少女的表情
就这样成为一首诗
悼亡花朵的时候
它发表了
被塞入城墙的孔洞
这里有十万鸟雀
它们传递的消息
直到今天，我才听懂

在书桌上种地

一块老红薯要发芽

要吐露

一直闷在地下的心里话

我想听到什么

请它到书桌上

伸出十一支藤蔓

每天向十一个方向

努力攀爬

我看它们爬进每一本书中

用文字说出

土地悬空后如何回家

与窗外星辰

红木窗棂内外
我与星辰互换身份
在室内，它有我的余晖
在夜空，我有它的睡眠

四十九年了
一对流浪的弟兄
距离越来越远
在十四楼飘窗上的今夜
我们相互认同
都是不愿落地的叶子
漂泊在彼此的梦中

向大地表白过的人

此生收纳了一片天
是一块伤疤的切片
它状若花瓣，被一首情诗粘贴在悬空的中年

一个向大地表白过的人
企图以凉下来的热血
告知人间——
在某个隐秘的时辰
所有的植物都在花蕊中
装填了暴烈的子弹

白发中年

肉体开始蜷缩的那一天
头顶的灰色
像初生婴儿，哭出声来
它随风潜入晦暗
向一具行将衰败的躯壳
伏身致哀

一个人走向下半生
陆续失去沉重的黑
他要飘然而去
通过中年之路，流入天籁
一些摊放于地面的事物
将成为白发中的白

白发褪下的青春

还不算老的时候

急促的白发，比黑发更沉

一片仲秋的山峦

逐一褪下整个青春

以枯黄掩饰

一座山中匍匐的灰白乡村

它放弃的黑

是记忆深处盘旋的纸鸢

它沾染的梦

是飞翔中掠过的白斑

它在最后一片山林

满地飘忽此生冗余的画面

那个正在变老的人

以青春遗蜕中的悲欢

铺展陈年的浪漫

人间那些活着的树根

成为风景的一道擦痕

背着双手的老者

徒步走进流动的人群

一双眼睛

爬上匍匐于公园的木本

他看见无数人

恍若戴着标牌的植物

正在挣脱那些迷惘的灰尘

游荡的绿色喑哑已久

仍在呼喊更多的石头

推动一场暴雨来临

它要打开落叶覆盖的人间

喊醒一桩桩依然活着的树根

抹平凸凹的大地

所有不平之地
在大雪之下都得到了伸张
寒风铺开白银
为山河镶嵌破损的边角

一些白色的平静
与万物商讨沉迷的细节
以及每一朵雪花中
端坐的自我

如何装扮冰凌一样的爱
如何抹平随雪起伏的火

托付给雪花的事情

仇人丢掉的白纸黑字
远方，不能再远的蛛丝马迹
草籽包裹的
一星半点儿的春意
我都托付给你

你覆盖的那幅山水
是我昨夜跋涉过的美梦
桃花李花杏花
也都托付给你
你可不能随便就融化了
让我无处返回

以雪为马，去天边追寻一道影子

和雪花一起出逃者
一定是我追寻了许多年的那道影子
他不一定是白色
却到处留下了雪花的脚印

大地放缓，一些随风沉吟的事物
决定不再攀爬
它们就地站立
成为一匹白马写在雪地上的悼词
远在天边的那个人
正在完成一个虔诚的仪式

父亲在每一片雪花里长眠

雪花在大地上勾勒出父亲的容颜
那些凸起的部分
是一个个饱含泥土的日子
在寒风中覆盖人间

我是父亲遗留给新年的草籽
在大雪下，收好了旧年里的悲欢
毛壳包裹的一点希望
和父亲一起
在每一片雪花里长眠

雪花在大地上说出万物的往事

首先，归纳出坦荡的精神哲学
和平缓厚道的生存法则
雪花，已经深谙万物的体温和肌肤
在大地上说出起伏不定的丘壑
每一片往事，都向人间低洼处飘落

大地铺盖着记忆的碎片
往事渐冷，总会披露万物的苍老
所有在人间表白的故事
都要带走雪花的魂魄

雪花填补着天空的漏洞

天空的漏洞在大地上
它放走了月亮、星辰和清风
留下了一道道雪崩

山河在漏洞中生长
每一片雪花都是天空的眼睛
它们知晓所有的泄露
和大地上万物奔波的过程
无数坠落人间的花瓣
蜷曲、结晶和融化
在沧海桑田完成补天的一生

一朵雪与另一朵雪说再见

天空是最大的舞场

从天堂回来

路过一生最深最长的空旷

一朵雪对另一朵雪说

再见。到了人间

我们会被套上不同款式的衣裳

就算等到融化

也不再有花朵的模样

雪花对一只麻雀的承诺

不会更冷了
人间已经被花朵打开
过于单薄的大地
即将披上薄厚均匀的棉袄

给你头顶戴上花儿
我也许是其中的一朵
在人间好好隐藏
屋檐和墙洞
是这个世界最安全的角落

我保证会告知你春天的消息
到那时你别再找我

雪花种入土地

从天堂来
首先飘入万物的墓地
白色地斑驳
笼罩了无数沉默的石碑

雪花的温婉
攀爬到模糊的字迹
凹陷为连通生命的故事
它所孕育的冰凌
已经成为种子
胚芽带有雪花的印记

雪花是天堂对人间的歉意

用飞翔的白色花致歉
是天堂对人间无法表述的悔意
面对大地的污浊
它时常降下倾盆大雨

它深知暴力的极限
只有温暖的雪花
才能填补吞噬人间的缝隙
只有自身的谦卑
才能收回万物的暴戾
放出生命的美丽

一朵雪花装下了自己

世界和一朵雪花有什么关系
一朵雪花和我有什么关系
一个人有时会躲入一朵雪花
不再接受人间的消息

这是多么空旷的内心
它的七个棱角，挂着天堂的泪滴
冰一样的空旷
是一个人回到了最初的自己

附：

温青文学创作年谱

1985—1990 年：

初中毕业辍学，务农、学医、打工，短暂就读农业中学，信阳地区文联内刊《报晓》刊发处女作诗歌《假如再出现十二个太阳及其它》；为《中国民间文学三套集成·息县民间歌谣卷》收集整理 20 余首民间歌谣。

1990 年 12 月入伍。

1991—2000 年：

在开封驻军某医院服役，有诗歌、散文、小说、报告文学近百篇（首）刊发于《开封日报》《汴梁晚报》《前卫报》《解放军报》《东京文学》《前卫文学》等，1993 年考入济南陆军学院，毕业后返回原单位。

1999 年加入河南省作家协会。

2001 年：

诗文集《指头中的灵魂》由海风出版社出版；

《花的挽歌》（长诗）刊于《星星》诗刊 2001 年 6 月"新秀 T 型台"，《诗刊·上半月刊》2002 年 2 月"中国新诗选刊·聚焦：组诗推介榜"转载，获第三届河南省政府文学艺术优秀成果奖、青年鼓励奖，第二届河南省文学奖（为《徒步青春》三部曲第一部）。

2002 年：

《突围的灵魂》（长诗）刊于《星星》诗刊 2002 年 8 月"青

年诗人十二家",获第二届河南省五四文艺奖金奖、第二届河南省文学奖（为《徒步青春》三部曲第二部）；

《精灵之舞》（长诗）刊于《星星》诗刊下半月刊 2002 年 11 月"主页诗人"，《诗刊·上半月刊》2003 年 5 月"中国新诗选刊·聚焦：组诗推介榜"转载，获第二届河南省文学奖（为《徒步青春》三部曲第三部）；

《灵魂的城市》（组诗）刊于《诗刊·下半月》2002 年 5 月"诗人十二家"；

《青春之殇》（组诗）刊于《诗刊·下半月》2002 年 9 月"本期力荐"；

《离花越来越远》（组诗）刊于《飞天》2002 年 12 月。

2002：

参加河南省文学院首届青年作家高级研修班，半脱产学习一年，导师为著名小说家张宇。

2003 年：

《十里水路》（组诗）刊于《诗刊·上半月》2003 年 12 期"佳作 2003，当代山水诗作展"。

2004 年：

《温青的诗》（组诗）刊于《星星》诗刊 2004 年 2 月；
《结识一个诗人：温青》（含诗选七首、评论及创作谈）刊于《诗刊·下半月》2004 年 3 月；
《梦华之书》（长诗）刊于《莽原》2004 年 4 月。

2005 年：

《草地上的草》（组诗）刊于《星星》诗刊 2005 年 12 月"青年诗人"；

《哀恸的种子》（组诗）刊于《绿风》2005 年 5 月。

2006 年：

诗集《天生雪》由海风出版社出版，千行长诗《天生雪》首发于银河出版社 2006 年 11 月版《露天吧·一刀中文网在线作家专号》；

《夏天》（长诗，含评论）刊于《星星》诗刊 2006 年 9 月，"首席诗人"专栏选发 40 节，获第三届河南省文学奖；

《离花越来越远》（组诗）刊于《解放军文艺》2006 年 9 月。

2007 年：

《天生雪》（长诗节选）刊于《广州文艺》2007 年 8 月。

2008 年：

《天生雪》（25 节精减版）刊于《莽原》2008 年 2 月。

2009 年：

《水色》（长诗），刊于《星星》诗刊 2009 年 8 月，"长诗选翠"专栏选发 60 节，全本首发于《河南诗人》，获首届河南诗人年度创作奖、第十二届全军优秀文艺作品奖。

2010 年：

随济南军区野战方舱医院参加青海玉树抗震救灾，在抗震中创作长诗《天堂云》初稿，济南军区《前卫文学》全本首发；

参与创立信阳市散文学会，任首届副会长兼秘书长，开始参与编撰《年度信阳散文》连续十年共计十卷；

加入中国作家协会。

2011 年：

长诗单行本《水色》由海风出版社出版。

2013 年：

5 月份参加鲁迅文学院第 20 届中青年作家高级研讨班；

长诗《天堂云》由解放军文艺出版社出版并在鲁迅文学院召开首发研讨，先后获信阳市政府第一届何景明文学奖、河南省作家协会第二届杜甫文学奖、河南省委省政府第六届文学艺术优秀成果奖；

《温青的诗》（18 首）刊于《青年文学》2013 年 10 月；

《水之书》（组诗）刊于《中国作家》（文学版）2013 年 12 月；

长诗《天堂云》全本（含评论及创作谈）首发于《前卫文学》2013 年 1 月。

2014 年：

获中诗网"2014 中国诗歌十大年度诗人"奖；

《高地之书》（组诗）刊于《解放军文艺》2014 年 6 月。

2015 年：

诗集《光阴书》由中国文联出版社出版，获信阳市政府第二届何景明文学奖；

《温青短诗选》获中诗网中诗简牍"状元卷"2015 年度优秀作品奖；

《隐匿》(组诗)刊于《星星》诗刊 2015 年 12 月；

《光阴书》(组诗)刊于《莽原》2015 年 1 月；

《在喀喇昆仑飞翔》(组诗 24 首)刊于《前卫文学》2015 年 1 月。

2016 年：

《大国之盾》(组诗)刊于《解放军文艺》2016 年 7 月，获 2016 年度全军优秀网络文学作品奖、"与改革同行"全军文学征文奖；

《喀喇昆仑的鹰》(组诗)刊于《诗刊·下半月》2016 年 5 月，获第五届全军网络文学大赛一等奖；

获签中诗网首届签约作家（2016 年 1 月至 2017 年 12 月）；

散文诗组《光阴记》及个人访谈《匆匆那年、或明亮或独特》刊于《星星·散文诗》2016 年 10 月；

《雁鸣听雨》(组诗)刊于《星星》诗刊 2016 年 12 月；

中篇小说《鬼子坟匪事》刊于济南军区《前卫文学》2016 年 1 月，《中华文学选刊》2016 年 4 月推介，《中国故事》转载。

2017 年：

获"中国新诗百年"全球华语诗人诗作评选"新诗百年百位最具实力诗人奖"；

《内心的河流》(组章)发于《中国诗人》(诗歌读本)2017年第6卷"散文诗八骏"专栏。

2018 年：

诗集《本命记》由中国文史出版社出版，获信阳市政府第三届何景明文学奖；

《从军辞》(组章)刊于《星星·散文诗》2018年2月；

《本命记》(组诗)刊于《星星·诗歌原创》2018年10月；

《中国老兵》(组诗)刊于《解放军文艺》2018年2月；

创立南湖作家沙龙，主持《大观·东京文学》南湖作家沙龙专栏，选发信阳本土作家优秀作品百余篇(首)，被全国性权威选刊、选本、排行榜选载50余篇(次)；

短篇小说《男人的背面》刊于《延河》下半月刊2018年4月，入选《2017—2018信文学作品选》。

2019 年：

获第四届国风文学奖；

获首批"信阳文化名家"称号；

长诗《饿殍祭》获中国新写实主义诗歌2019年度"十佳作品奖"；

《我不能说出春天结籽的忧伤》(组章)刊于《星星·散文诗》

2019 年 5 月；

《白发中年》（外一首）刊于《人民文学》2019 年 12 月；

入选全国年度选本六种：《2019 中国年度诗歌精选》《中国年度优秀散文诗（2019 卷）》《中国散文诗年选（2019）》《2019，中国当代诗人诗选》《2019 中国诗歌作品榜》《中国跨年诗选（2019—2020）》。

2020 年：

诗歌《关在窗外的春天》获全国诗歌报刊联盟"以生命的名义"——全民抗疫优秀诗歌评选暨公益诵读评审"最富寓意诗歌"和"最具人气诗歌"奖；

在信阳市设立"温青工作室"；

《退役军人》（组诗）刊于《解放军文艺》2020 年 5 月；

《内视》（组诗）刊于《星星·诗歌原创》2020 年 5 月；

《大地之深》（组章）刊于《散文诗》青年版 2020 年 7 月；

《高处的微光》（组章）刊于《星星·散文诗》2020 年 8 月；

《本命记》（组诗 15 首）及敬文东评论《大地和大地上的》刊于《散文诗世界》2020 年 10 月荐书坊专栏；

《停下体内的那列火车》入选《当代诗歌年鉴》（2020）。

2021 年：

诗集《人间书》完成初稿；

长篇小说系列之一《玉米睁开眼睛》、之三《勤务连长》创作完稿；

散文诗组章《中年行色》及创作谈《散文诗的中年》刊于《星星·散文诗》2021 年 3 月；

诗歌《山峰的胸怀》刊于《解放军报》长征副刊 2021 年 3 月；

组诗《烈士无名》刊于《清明》2021 年 3 月；

《四望山》（外三首）刊于《解放军报》长征副刊 2021 年 7 月；

《鹰背上的山》（外二首）刊于《民族文汇》2021 年 3 月；

《父亲在每一片雪花里长眠》入选《2021 年度中国行吟诗歌精选》及十首经典短诗；

当选信阳市诗歌学会会长；

长篇非虚构《情感样本——中国 70 后遗存》终订稿；

《〈生命之书〉温青手抄本》（限量珍藏版）印行。

2022 年：

系列组诗《中国老兵》获国防大学第二届军事文化节文学组优秀作品奖；

组诗《大别山清明祭》获河南日报报业集团·顶端作家"清明主题征文"一等奖；

《中年行色》（二章）入选新华出版社《中国年度优秀散文诗 2021 卷》；

《少年游》（二章）刊于《星星·散文诗》2022 年 3 月；

《大地的铁》（外一首）刊于《解放军报》长征副刊 2022 年 4 月；

《军人的姿势》刊于《解放军报》长征副刊 2022 年 7 月；

《英雄的姿势》刊于《中国国防报》2022 年 9 月；

《军人的姿势》（组诗）刊于《解放军文艺》第 10 期；

《新征程的鼓点》刊于《解放军报》喜迎二十大诗歌专版 2022 年 10 月；

《新征程上的鼓点》刊于《诗刊》社 2022 年 10 月；

《退役军人》（组诗）2022年11月10日获诗歌奖，获信阳市政府第四届何景明文学奖公告；

诗歌《鼓点鼓响大地》刊于《清明》2022年第6期；

组诗《草木，最后的亲人》及评论刊于《岁月》2022年第12期头条；

入选"河南日报·顶端新闻2022年度创作者榜单最具平台价值个人榜"榜首；

被评为"河南日报·顶端新闻2022年文学频道年度榜优质创作者"；

《老兵的战场》（组诗）获中央军委机关网2022年度强军好文奖；

诗集《中国老兵》完成初稿；

《抹平凸凹的大地》（诗歌）刊于《星星·诗歌原创》2022年12。

2023年：

《永远的老兵》（组诗）刊于《解放军文艺》2023年第1期；

诗歌《光荣之家》刊于《解放军报》长征副刊2023年2月；

诗歌《大别山清明祭》刊于《中国国防报》长城副刊2023年4月；

《黑与白》（组诗）刊于《岁月》2023年第6期；

《温青的诗》（4首）入选百花文艺出版社《阳光路过了人间：中国行吟诗歌精选》；

《四望山英烈志》2023年9月获"大别山杯"全国有奖征文大赛诗歌散文类一等奖。